Tableaux Modernes

COLLECTION

DE

M. T. P. Thorne

DE NEW-YORK

PARIS — 1897

PARIS — IMPRIMERIE GEORGES PETIT

12, RUE GODOT-DE-MAUROI, 12

Tableaux Modernes

PARIS — IMPRIMERIE GEORGES PETIT

12, RUE GODOT-DE-MAUROI, 12

CATALOGUE

DE

Tableaux Modernes

par

ADJUWICZKI, ANDREOTTI, BOUGHTON, CLAYS
MAC-CORD, DAUBIGNY, DENMAN
M. DIETERLE, FRIEDBICHLER, GALLAGOS, GOUZZARDI, HENNER
JAKOBIDES, EASTMAN-JONHSON, KAEMMERER
RIDGWAY-KNIGHT, LHERMITTE, MAUVE, F.-D. MILLET
NEUBERT, PARTON, PASINI, DE PENNE
PERRIER, PFLIEGER, POKITONOW, SCHRŒDER, MARCIUS SIMONS
H.-P. SMITH, SPRING
ALF. STEVENS, WELDON, WYANT

Composant

La Collection de M. T. P. THORNE

DE NEW-YORK

et dont la vente aura lieu :

HOTEL DROUOT, Salle n° 6

Le Vendredi 23 Avril 1897

A TROIS HEURES ET DEMIE

Commissaire-Priseur :	Expert :
M° PAUL CHEVALLIER	M. GEORGES PETIT
10, Rue Grange-Batelière.	12, Rue Godot-de-Mauroi.

EXPOSITIONS :

Particulière, le Jeudi 22 Avril 1897, de 1 h. 1/2 à 5 h. 1/2.
Publique, le Vendredi 23 Avril, jour de la vente, de 1 h. à 3 h.

TABLEAUX

AJDUWICZKY (E.)

N° 1

Cavalier tartare.

Signé en bas, à droite.

Panneau. Haut., 21 cent.; larg., 13 cent.

ANDREOTTI (F.)

N° 2

Le Modèle.

Signé à gauche, en haut.

Toile. Haut., 27 cent.; larg., 12 cent.

BOUGHTON (G.-H.)

N° 3

Patineurs.

Signé à gauche, en bas.

Toile. Haut., 20 cent.; larg., 39 cent.

CLAYS (P.-J.)

Nº 4

Sur l'Escaut.

A l'entrée du fleuve, des sloops à voiles, sous un ciel largement ennuagé.
Signé à droite, en bas.

Panneau. Haut., 40 cent. ; larg., 57 cent.

MAC-CORD (G.-H.)

Nº 5

Flottille de pêche (Effet du soir).

Signé en bas, à gauche.

Toile. Haut., 30 cent.; larg., 24 cent.

DAUBIGNY

Nº 6

Les Bords de l'Oise.

A gauche, en haut d'une pente douce, un bois aux frondaisons touffues. Dans une barque, un pêcheur en train de retirer son filet. Parmi les roseaux qui émergent de l'eau, une bande de canards se promène. Au fond, la campagne découverte, puis la ligne des collines : ciel gris.

Signé à gauche, en bas : *1877.*

Panneau. Haut., 38 cent. ; larg., 65 cent.

DENMAN (H.)

N° 7

Tentation.

Signé à gauche, en bas.

Panneau. Haut., 31 cent.; larg., 39 cent.

DIETERLE (MARIE)

N° 8

Vaches au pâturage.

Signé à gauche, en bas.

Toile. Haut., 36 cent. ; larg., 51 cent.

FRIEDBICHLER (F.)

N° 9

La chasse du Contrebandier.

Signé en bas, à gauche : *Munich, 1876.*

Panneau. Haut., 34 cent. ; larg., 26 cent.

GALLAGOS (?)

N° 10

L'Enfant de chœur.

Signé à droite, en bas.

Panneau. Haut., 34 cent. ; larg., 21 cent.

GOUZZARDI

N° 11

Récit d'aïeule.

Signé en bas, à droite.

Toile. Haut., 27 cent. ; larg., 37 cent.

HENNER

N° 12

Jeune Fille.

Vue jusqu'à mi-corps, la tête tournée vers l'épaule gauche. Le torse est drapé de bleu. Le visage est pâle sous les cheveux châtain clair à reflets fauves. La lumière court sur l'épaule gauche découverte.

Signé à gauche, en bas.

Toile. Haut., 54 cent.; larg., 44 cent.

JAKOBIDES (G.)

N° 13

Caresse maternelle.

Signé en haut, à droite.

Toile. Haut., 26 cent. ; larg., 20 cent.

EASTMAN-JONHSON

N° 14

Joueur de Benjo.

Signé à gauche, en bas : *1859.*

Toile. Haut., 35 cent. ; larg., 30 cent.

KAEMMERER

N° 15

Jeune Fille jouant de la harpe.

Signé à gauche, en bas.

Panneau. Haut., 60 cent.; larg., 34 cent.

RIDGWAY-KNIGHT

N° 16

Pêcheuse de moules.

Signé à droite, en bas : *1886.*

Toile. Haut., 54 cent.; larg., 44 cent.

LHERMITTE

N° 17

La Moisson.

A gauche, le faucheur est assis, en train d'affûter le tranchant de sa faux. Debout devant lui, deux faneuses, appuyées l'une à l'épaule de l'autre, causent gravement. Autour d'eux, les gerbes sont couchées, la campagne est rase. Au fond, à droite, un petit bois. A gauche, une ferme, au devant d'une colline bleutée, sous le ciel chaud d'été.

Signé à gauche, en bas.

Toile. Haut., 94 cent. ; larg., 75 cent.

MAUVE

N° 18

La Sortie du troupeau.

Le long de la route, tracée à travers la plaine, le troupeau de moutons s'avance, en peloton serré, laines fumantes, têtes penchées vers le sol, où les sardiers ont laissé des sillons. Le berger les suit, le corps engoncé dans sa limousine brune. Au fond, les maisons du village aux coiffures de chaume.

Signé à droite, en bas.

Toile. Haut., 54 cent. ; larg., 78 cent.

MILLET (F.-D.)

Nº 19

L'Attente.

Signé en bas, à gauche.

Panneau. Haut., 21 cent.; larg., 16 cent.

NEUBERT (L.)

Nº 20

Les Marais.

Signé à gauche, en bas.

Panneau. Haut., 19 cent.; larg., 38 cent.

PARTON (A.)

N° 21

En Forêt (Soleil couchant).

Signé en bas, à gauche.

Toile. Haut., 50 cent. ; larg., 34 cent.

PASINI

N° 22

Le jour du Marché.

Signé à droite, en bas : *1886.*

Toile. Haut., 26 cent. ; larg., 35 cent.

PENNE (De)

N° 23

La Meute.

Signé en bas, à gauche.

Panneau. Haut., 45 cent.; larg., 37 cent.

PERRIER (Sanchez)

N° 24

Un lavoir à Guingamp.

Signé en bas, à droite : *Guingamp, 1886.*

Panneau. Haut., 35 cent.; larg., 21 cent.

PERRIER (Sanchez)

Nº 25

Canal à Venise.

Signé à droite, en bas : *Venise, 1886.*

Panneau. Haut., 35 cent.; larg., 26 cent.

PFLIEGER (L.)

Nº 26

Le Soir.

Signé à droite, en bas.

Panneau. Haut., 10 cent.; larg., 26 cent.

POKITONOW

N° 27

La Bergère.

Signé à droite, en bas : *1888.*

Panneau. Haut., 18 cent. ; larg., 20 cent.

SCHROEDER

N° 28

Dialogue.

Signé à droite, en bas : *Munich, 1886.*

Panneau. Haut., 21 cent. ; larg., 29 cent.

MARCIUS-SIMONS

N° 20

Lulli enfant.

Signé en bas, à gauche.

Toile. Haut., 92 cent. ; larg., 65 cent.

SMITH (H.-P.)

Nº 3o

Le Chemin ensoleillé.

Signé à droite, en bas.

Toile. Haut., 24 cent. ; larg., 34 cent.

SPRING

Nº 3i

Moine endormi.

Signé en haut, à gauche.

Panneau. Haut., 3o cent. ; larg., 22 cent.

STEVENS (ALFRED)

Nº 32

Après le concert.

La virtuose est assise dans un fauteuil, accoudée, le visage appuyé contre la main gauche, le bras droit pendant naturellement, la main gantée et tenant un mouchoir.

Elle est vêtue d'une robe de soie noire à broderie de jais. A droite, un guéridon, couvert d'un tapis bleu et portant le violon et l'archet, et deux gerbes de fleurs dans leur colerette de papier. A gauche, une fenêtre ouverte sur un jardin, le store à demi baissé.

Signé en bas, à gauche.

Toile. Haut., 50 cent.; larg., 30 cent.

STEVENS (ALFRED)

Nº 33

Jeunesse.

Signé en bas, à gauche.

Toile. Haut., 46 cent.; larg., 37 cent.

STEVENS (ALFRED)

Nº 34

A Sainte-Adresse.

Signé en bas, à gauche.

Panneau. Haut., 30 cent.; larg., 21 cent.

WELDON (C.-D.)

N° 35

Libellule.

Signé à gauche, en bas : *1886.*

Aquarelle. Haut., 77 cent. ; larg., 47 cent.

WYANT (A.-H.)

N° 36

L'Étang (Effet du soir).

Signé en bas, à droite.

Toile. Haut., 24 cent. ; larg., 34 cent.

RED. :

16

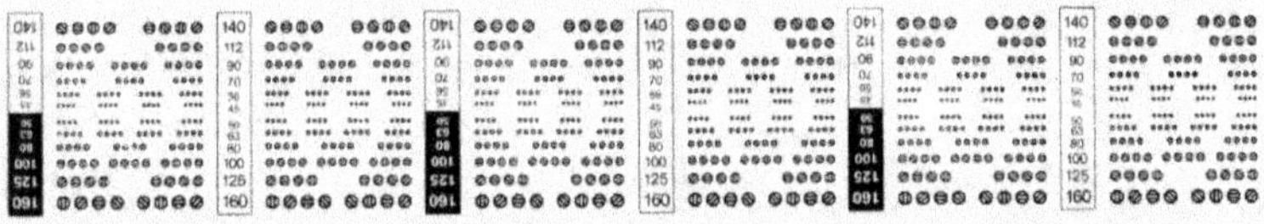

graphicom

MIRE ISO N° 1
NF Z 43-007
AFNOR
Cedex 7 - 92080 PARIS-LA-DÉFENSE

BIBLIOTHEQUE NATIONALE DE FRANCE

****

CHATEAU DE SABLE

1996